JN002018

歌集

天使領

Mitsui Osamu

三井 修

角川書店

天使領　目次

I

Ⅱ

装幀　國枝達也
写真提供　imagebroker／アフロ

歌集　天使領

三井　修

I

湿度計

机上にも物が増えゆくキーボードのみを孤島のように浮かべて

風に乗ること出来ざりし土器《かわらけ》が点々と散る崖の下には

その奥に強く張らるる鋼索をあまた蔵《しま》いてピアノは静か

自らの内なる湖《うみ》を覗くごと藤井七段前のめりなる

かつてわれ商人《あきないびと》としてシリアなどを旅せり髭を生やして

毛髪湿度計

人髪を蔵える湿度計なりと聞きて心の揺れしかの夏

合掌を終えたる二つのてのひらが玉砂利踏みて帰りゆきたり

ビルの影、木の影、我が影　一方《ひとかた》に倒れて都心の休日静か

細き指——子年に因んで

ハリネズミカフェの小さきハリネズミ掬えば眠るわが掌に

「ね」の音を送信するに間違えぬために「ねずみのネ」と言えとある

総務省令無線局運用規則別表5

祭の日祖父が着ていしかの羽織　利《り》休《きゅう》鼠《ねず》とはかの色ならん

ねずみ算即ち等比数列を我に教えし口髭の叔父

英首相官邸ネズミ捕獲長ラリーはリボンを付けたる茶トラ

「ネズミ」など検索すればわがスマホその後は駆除剤広告あまた

水没の家より救助される人映れど中の鼠は如何に

金網の籠ごとネズミを川底に沈めき我の殺めし命

ネズミなど居るやも知れず鳴きながら鳶がしきりに遊弋《ゆうよく》している

猫をこそ嚙まざりしかど人生に窮鼠となりしこと幾たびも

葛原妙子は木菟《みみずく》を飼っていたらしい

細き指もて木菟に生きている鼠を与えし妙子にあるか

ねず鳴きをすれば笑いしわが少女この秋補助輪外して漕ぐと

アメリカにねず鳴く声は 〈squeak〉 チュウチュウよりも寂しき響き

マウス裏しみじみと見てこびりつく埃を爪に擦りてみたり

目を凝らし画面にマウスポインター探しておれば遠雷が鳴る

天使領――台風被害の上総を行く

天使領ほどの真青のシート置く人の気配のせぬ家の屋根

おんな坂ありてどこにもおとこ坂見えねば我もおんな坂ゆく

踏切を渡りてゆけり運休の続きて錆の浮くレール越え

暮れ方の太平洋なり灰色の波の上にはサーファーが立つ

わが前の海はいまその深きより深き底より揺れやまぬなり

バーレーン二〇一一

二〇一一年バーレーンでは民主化を求めるデモ隊と治安部隊が衝突した。衝突は真珠のモニュメントを中心とする真珠広場であった。隣国サウジアラビアからコーズウェイ（堤道）と橋を通り装甲車が送り込まれ、ようやく沈静化した。

橋あれば装甲車は島へやってくるぴょんぴょん跳ねる兎を轢きに

鋼《はがね》なす棗椰子《デーツ》の樹の葉その下を怒りつつ過ぐアバヤの女性

アラビア半島の女性の伝統的な衣装

ツイートのリツイートのリリツイートの　果てなしアラブの春の黄昏

血と怒号そしてガス弾この年の真珠広場を長く忘れず

水仙

病む人の部屋の隅なる瓶に差す水仙は鋭《と》き細葉伴う

寝不足の続く三月花桃の蕾に問わる大丈夫かと

灯を消せるのちの床なる一枚の月光をいま踏み砕きたり

いずこかの壺に共鳴しておらん我が落としたるスプーンの音は

その四肢を未だ操ること出来ぬ牛の子藁によろめきて立つ

アイリッシュセッター風の中にふと身を起こしたり鎖鳴らして

四十年前ダマスカスにて

〈中国人《シィーニー》？〉と問われて言葉を手繰りつつ答えき〈私は日本人です《アナー・ヤーバーニー》〉と

アーモンド——マルタ島にて

さざ波の地中海なり帆を少し傾げて白きヨットが航《ゆ》くも

城塞をいくつも巡り丘の上《え》のアーモンドの白き花に会いたり

青ければ、かく青ければこの海へ跳べる気がするアーモンドの丘

桜とも見紛う白き花付けるアーモンドの下黒き猫行く

岸壁に座して寄る波見ておれば我もいつしかマルタ人《びと》なり

真昼間の騎士団長の館横　猫の母仔が巴に眠る

ひっそりと黒猫が行く騎士たちが甲冑鳴らし駆けし露地裏

皮剝ぎし兎幾匹灯の下にひさぐ店あり夕べの街に

ポケットの鍵に触れたり日本に我が家あること証する鍵に

三角乗り

末弟の我には優しかりしかな兄の享年越えてまた冬

「瞽女《ごぜ》」にルビ振らんとすればこのWord〈めしいおんな〉を先ず示したり

病みびととそれに付き添う病まぬひと呼ばれて診察室へと入りぬ

子の部屋の壁に貼られていし写真　飛び立つ姿の信天翁《あほうどり》なり

押す力あるか何かが引きいるかそれとも自ら動くか　秋雲

人間ドック

〈オレンジの5番〉が今日の我の名で胸に貼らるる電極冷たし

自転車の三角乗りが分らない息子と今宵街で飲みたり

エンディングノート

エンディングノートの〈家族葬の件〉今年も直さず　梅雨に入りたり

額《ひたい》はた手首か戸惑いつつ立ちぬ非接触型体温計に

何びとも見ること能《あた》わざるキリン我は飼いいる書斎の隅に

「アベノマスク」

使わざる小さき二枚のマスクなり並べて置けば死蝶のごとし

碑《いしぶみ》に彫られし死者の名の中の辶《しんにゅう》までを春雨濡らす

緑色《りよくしよく》の深き淵へと沈みゆく蝸牛《かたつむり》あり朝《あした》の庭に

六月の昼陽に柿の若葉照り何ごともなし疫病《えやみ》以外は

一九四五年六月二十三日、沖縄

「組織的戦闘」終わりたる後の組織されざる戦《いくさ》を思う

庭に干す濡れ傘乾きたる後はひそかに羽ばたくことのあるやも

起き抜けの熱き珈琲ゆっくりと我が胸鰭を展《ひら》かせてゆく

葦

ステージは今オーボエのソロとなり照明小さく奏者を照らす

柔らかきオーボエソロのパートきて我の心は岸を離れぬ

オーボエの調べは月夜の森に啼くシロフクロウの声のごとしも

魂を包むごとくにオーボエのキーシステムは木管覆う

オーボエは葦の茎を削り出した二枚のリードで音を出す

ふたひらの葦が奏でる音なりと思えば我の思い揺蕩《たゆた》う

恐らくは手造りリードかあの奏者慈しむごと息を吹き込む

オーボエの温《ぬく》き調べは夭折の母の声なり身を湿らする

オーボエの調べは晩夏の葦辺ゆく母と我とのはるけき記憶

その着物覚えておれど顔ははやおぼろとなりぬ　手をつなぎいし

戦争の時代は知れど疫病の時代を知らず逝きたる母よ

前世

Trick or treat 黒衣の三角帽　小さき姉妹が路地を急ぐも

何者か地より曳くらしヘリコプター不意に傾ぎて逸れてゆきたり

両の手を合わすは祈りのためならずボトルの液を擦り込まんため

ラタトゥイユ鍋にふつふつ煮えおりて感染者また少し増えたり

前世は薬缶であったという人とノンアルコールビールを飲みぬ

ベネツィア沖のサン・ミケーレ島は島全体が墓地になっている

死者のみが眠れる小さき島ありて時折生者が船で訪る

草の葉をちぎりて汁を傷に塗るような淋しさこの夕焼けは

この宮の権禰宜ならむ小走りに浅葱の袴の若者が行く

零れたる時間を掬い上げながら大観覧車のゴンドラ昇る

太幹に掌しばし当ててみる疲れたる身に充電するごと

千の滴

五月闇ゴロスケホウホウ鳴く森にま近く我は少年なりき

湯に浮かぶ菖蒲の茎のほの紅く我にはいまだ未来がありき

雨後の苑露けき百の紫陽花が地に滴らす千の滴を

はつなつの風に触れんと苑の水立ち上がりたり触れて止みたり

砂漠行く駱駝の睫毛ほどの蕊　根津の神社の苑の躑躅に

六月の川面を跳ねて鯔の子は若葉の土手を一瞬見たり

あの頃、バーレーンの砂漠の道を自分で運転して通勤しながらひたすらカーステレオで小椋佳を聞いていた

朝夕に聞きておれども〈六月の雨〉は砂漠を濡らすことなし

どの馬もゲート内にて足踏みす今日は〈風待月賞〉にして

六月の空に白蓮咲き初めぬそのてのひらを空に捧げて

瞑想をしている藤の花房のかすか身じろぐそよ風吹けば

黄の小さき長靴履く子傘差して行くなりちひろの絵の中のよう

乳母車

再縁でしあわせ得たる叔母今日も電話かけくる九十五歳

初めより命持たざる一輪をマジシャン咲かすその指先に

樹の末《うれ》の上は風また鳥の領　火を噴く機械が時々過ぎる

コンビニのガラスケースの〈い・ろ・は・す〉を一つ引き出すひかりもろとも

億光年離れて見れば銀河系、闇に浮かべる大輪ならん

故郷の小川の水車夏の夜は月の光の重さが回す

セルゲイ・エイゼンシュテイン監督「戦艦ポチョムキン」

オデッサの階段落ちちゆく乳母車　ゆっくり、早く、そして…絶望

遥かなる地の銃声に呼応してシンバルは鳴る楽の終りに

絮飛ぶ野――「草」によせて

今頃は夏草深く覆えるか更地となしたる能登の家跡

草の葉に化したる若き蟷螂の今し夕陽を狩らんとしおり

鳥獣戯画

草の葉を肩に歩める兎《う》のありて従《つ》きてゆきたし我も絵に入り

食みし草吐き戻しては次の朝玄関脇に猫は死にいき

牧草を食みいる牛の頸がふと上れり異種の我が寄る時

とろとろと薬草煮ながら我が未来告ぐる魔女など森に居らずや

性悪の草の葉にして春の午後我の人差し指を切りたり

一日《ひとひ》かけ歌選ることに倦みたれば草の絮飛ぶ野へと出でゆく

水売り

春の夜のシフォンケーキはほぼ空気　ほろほろ空気を零しつつ食む

「てぶくろ」と「ひまわり」の歌この月も数多を読みて少し選びぬ

蟬１が鳴き出し蟬２蟬３が…蟬ｎが鳴く　ｎは自然数

蟬声の止みたる後に世を統べる静寂こそが怖ろしきかな

少しずつこの世とずれていくことはこの長針の意志やも知れぬ

電池切れくらいで絶望するな君　世界に繋がらなくとも生きよ

石の下樹の下あるいは波の中いずれか我の永遠《とわ》の棲家は

ドクターの椅子より一《ソーシャル・ディスタンス》・五メートル離るる椅子に我は座りぬ

手術してこの年我はアレッポの水売りのごとく老いてゆくなり

砂時計

いつの日か誰かの心になるはずの未熟な無花果葉陰に見ゆる

一日の時間の中の三分を切り出す器具なりこの砂時計

空也吐く小仏ほどの幽《かそ》けさに秋の夕暮れ鳥渡りゆく

秋の日の製材所の中吹く風は檜の香りを攫いてゆけり

Excelのセルのひとつを菜の花の色に染めたり淋しき今日は

人形浄瑠璃・心中天網島

かっくりと治兵衛が首を垂るる下密かに動く温き手思う

ナイフとはいえども優しきフォルムなりその先端をバターに挿しぬ

雲の遁走曲

春空を溺れるように羽ばたきてまた羽ばたきて雲雀が昇る

春風の吹く野に立ちて見上ぐれば雲の遁走曲《フーガ》の限りもあらぬ

砂嵐《ハムシーン》吹けば〈アラブの春〉もまたはるか彼方に霞みてゆけり

魦《いさざ》採る網には四月の光差し魦跳ぬれば光の散りぬ

春の午後異変ありしか消防署車庫の全てが出払いており

回想　二首

春の雪いずれ私が捨ててゆく龍の形の半島覆う

初めてのウインザーノットは春の朝まだ壮年の父に教わる

Ⅱ

山葵田

信州の山葵田今日ははつなつの陽の下光のさざめきやまず

寒冷紗の下の山葵の葉は見えず　清き流れの中に生《お》うらし

石と水のみにて生うる山葵にてその清廉を我は羨む

白楊の穂絮なるらし山葵田の上を無数の白きもの飛ぶ

目も口もおぼろとなれる道祖神　風吹き渡る山葵田のそば

あの山が常念岳と指差さる　雪形あれど僧には見えず

帆布

春風は水面《みなも》に魚は水中に遊びいて村の昼は静けし

梅の木の一枝切られくろがねの音は真昼の空に響けり

極まりて桜が散らす無尽なる光の微塵にこの世茫茫

花びらを散らし尽くして鎮まれる桜の幹の昼をかぐろし

あの橋をあの時渡りていたならば…　桜若葉の昼を膨らむ

耐えきれず地上へ白き火を放つ雲の怒りを〈雷《らい》〉とし呼ばん

傘開きわれは出でゆく駅ビルを傘閉じ入りくる人ら掻き分け

胴吹きの銀杏の葉に触《ふ》る小さしといえども裂《きれ》の深きその葉に

大洋を航《ゆ》くべかりしに街をゆく我の肩より垂るる帆布は

沼底のように静けし押入れの奥の小箱に釘は錆びつつ

うすぐらき壁に架かれるリュートなど視野に入れつつパエリアを食む

聖堂の扉を押して入りゆけば磔刑図あり我を迎える

七十路《ななそじ》もなりてみたればそれなりに面白くして今日は梅雨明け

回覧板

夜のうちは無人になれる堂の中観音いかに寂しからんや

賤ヶ岳合戦の図の左下今しその頸掻かるる武将

冬窓ゆ明るき日差しが卓に射す朝《あした》遠くに人の逝きたり

自《し》が羽根を毟りし鶴の女《め》のごとく我が肩疼く重き荷降ろし

蜻蛉丸《かげろうまる》、帚木丸《ははきぎまる》、空蟬丸《うつせみまる》、夕顔丸《ゆうがおまる》　幕末土佐の藩船の名ぞ

猫が踏むたびに居間なる絨毯の薔薇の花びら色褪せてゆく

唐突に我の血液型を問う人のありたり朴の木下《こした》に

グレゴール・メンデル死せし一月の六日　垣根の山茶花が咲く

生母継母いずれなりしか夢に来てわれに牛乳飲めと言いしは

一枚の訃報を挟む回覧板わが班巡る春深き昼

丘の上《え》の風力発電塔の羽根今日は回らず　飛行機雲見ゆ

戦場というが比喩にはあらざりき我が若き日のビジネスの地は

見慣れざる茸を鍋に入れるごと職を選びき半世紀前

シェフが今《フランベ》鍋に立たせるその炎青みながらに透き通りいる

真昼間の港近くの漁具店の内暗くして硝子の玉光《て》る

人間が渡り終えたるのち橋は再び風を渡らしめおり

雨の街歩めばかすか靴下が湿りてきたり　コートの襟立つ

サイレン

如月の月照る雪野を行きたるか一連《ひとつら》小さき足跡残る

黄蝶来て庭に遊べる昼つかた遠くサイレン離《さか》りてゆけり

魚の去るごとくに消えぬ救急車ゆきつつ鳴らすサイレンの音

真昼間の岬の先へ続く道椿の花の赤かりしかな

月島の路地を歩めば唐突に植木の根方に貝が光れり

銀色のタンクローリー走りつつ短き鎖を曳きていたりき

古くさき歌を作りて老いてゆくそれもよからむ桜が吹雪く

雨戸には隙間がありて細く細く月光が射す部屋に寝むとす

不穏なるこの春にして恩寵のごとく淡雪降りいだしたり

簡素にてあれよこの後の我の生やさしきことをのみ思いつつ

再放送

コロナ禍で新規ロケが出来ないらしい

ロケをせし年月隅に示しつつマカオの旅の番組始まる

再放送また再放送のテレビ消し庭に出ずれば花水木咲く

いつよりかわが耳に棲む蝉のいて今は真夏の明け方らしも

今頃は能登の港に春の陽を浴びて細魚《さより》の嘴《はし》光りいむ

靴無くて飛行場へと行けぬまま泣いておりたり夢より覚むる

ハイフンとアンダーバーを違《たが》えいて昨日のメールついに届かず

ウイルスを恐るる心と空爆を恐るる心といくばくの差か

キッチンカー静かに停まり昼前の高層ビル街木漏れ日揺るる

柿若葉あまた勢う樹に寄ればわれのまなこも若葉の一枚

摘果

糠床や梅酒の壜に名を付ける人と歩きぬ銀杏の道を

カンバスに自ら描きたる炭の線躊躇わず消すパンの切れもて

階段を昇るごとくに音階を上げつつ蟬の啼きはじめたり

明日の朝摘果さるべき実も容れてビニールハウスにメロンしずけし

拍動の姿露わに見せつけて水母浮遊す明るき水に

晩秋の境内天より降りきたるごとくに赤き三輪車あり

境内のベンチにマスクをする老いがペン走らするは競馬新聞

美しき言葉のごとき鷗らが船を舫《もや》えるロープに並ぶ

ひかりらが我の周りを飛び跳ねる風の真昼の森を歩めば

二か月をかかりて届きし手紙なりアラブの王の切手貼られて

ペインティングナイフ

瑠璃紺の深き大空鳥たちは舟漕ぐリズムで羽搏きている

春雨がわが傘を打つこの音は今我のみが聞きている音

まだ露に濡れている草踏みながらまなこ濁れる犬と散歩す

深酔いの醒めゆく時に寂しさは増すなり　桜の散る今夜また

玄関に石臼など置く山里の古民家カフェは夕光《ゆうかげ》の中

ペインティングナイフで絵の具を塗るように昨日の歌を上書きしたり

生きるとは水音立てることにして階下ひそかなシャワーの音す

銃把

一度だけ、そう一度だけ握りたり冷たく黒く重き銃把を

何の鍵とも忘れたりゆくりなく抽斗より出ず小さき鈴付け

この年の手帳も終わる×印付けたる予定のあまたあるなり

コロナ禍が続く

ふるさとの雪のエッセイ書きゆけば我に豊かな時の流るる

屋上に見れば学校プールには水なく底に落葉溜めいる

コロナ禍終息の見通しが立たない

前腕と前腕交差し挨拶をする時宙に手の頼りなし

木枯らしの一番吹けば縁石に堰かれて干反りの落葉が溜まる

真空管などに拘りいし日々よ　父母《ちちはは》若く兄らも猛《たけ》く

売るシーン時に見れども仕入れするシーンは見ざり寅さん映画に

角髪《みずら》にて結えばおそらく似合うべし　我の少年すんすん伸びる

山羊乳

幼な日に飲み泥《なず》みしは隣家より毎朝届くぬるき山羊乳

故郷にはや家は無く大雪のニュースに心騒立つことなし

その祖父の死にたっぷりと涙して少女は冬の日を籠りいる

下総は今朝霜の国おみならは軍靴のごときを履きて行き交う

わがために椅子引きくるる人のあり白き布敷く卓に向かえば

この宵のわが苛立ちの源はラップの切れ口探り得ぬこと

一枚の硝子は隔つ襟立てて街行く我とピザ窯の火と

ふるさとの野に降りしきる雪ほどの静けき月光病廊に差す

おみなごを欲りしか生母は息子のみ産みたり　桃の蕾膨らむ

撓みつつ鎖は陸《くが》と巨いなる船を繋げる冬の埠頭に

早春の欅の幹の中に立つ一本《ひともと》太き素水《さみず》を思う

銀貨

卓上の鋼《はがね》のワインオープナー　光の螺旋まなこに痛し

木の洞に啄木鳥《きつつき》居らずただ深くおぐらき洞に風が鳴るのみ

廻りゆく廊の隅ごと目を射るは韓紅《からくれない》の消火器の筒

苑の芝啄みつつゆく鳩のいて片羽は光り片羽は翳る

二次元の花弁に次々色与えおみなご静か冬の真昼を

黒き魚すばやく過ぎて水底に射す陽光のしばし揺らぎぬ

夜桜の極まりているその梢　銀貨数枚秘めておらずや

病む者の枕辺に置く水差しの切子の刻み深し春の夜

夜の更けに窓を開ければ粘りもつ春の大気が流れ込みくる

夕風に乗りて飛《ひ》行《ぎょう》の柔らかき翼のあれば明日を信じむ

あまたなる耳が夕陽に透きながら交差してゆく渋谷駅前

葡萄棚今は葡萄の房あらず粗き夕べの光漉しいる

南《みんなみ》の空に顕微鏡座また望遠鏡座ありて楽しも

南半球の星座

肥後守

半仮面つけて出でゆく暗紅《あんこう》の躑躅咲く街　未来が見えぬ
アラビアの砂漠を旅する隊商に憧れやまぬ少年なりき

オアシスの畔に住む夢折々に我が裡に湧く　この夜もまた

新しきランドセル背に笑む少女　画面の隅にヒヤシンスの鉢

その昔転勤荷物にしのばせし肥後守いまいずこにありや

森伊蔵注げばグラスの氷塊は喜ぶごとく声を上げたり

オレンジのマーマレードを朝窓ゆ差しくる光もろとも掬う

多島海渡る船より見上げたる橋梁の裏顕《しる》く水照《みでり》す

駐輪場

わが朝の怠りのゆえは東向く書斎に射せる陽の暑きこと

いきなりの日照雨にて小走りに行けば妖《あやかし》従《つ》きくるごとし

この夏の深みにしんと咲きている木槿のありて五輪始まる

傘差すか迷うほどなる小雨なり空木の花がわが肩に散る

夕暮れの駅前駐輪場の中また一台が引き抜かれゆく

天体の運行は全て力学で計算できる

美しき計算式に従いて月は昨夜《よべ》より僅か痩せおり

斑《はだら》なす柿の葉もみじ玄関に散り敷きいるを踏みて出でゆく

脇差しか、剃刀、鋏いずれにてありしか死にたる母の胸元

飾り文字

生き難き世を苦しみて生きている若者の歌背を正し読む

羊皮紙に書かれし聖句の第一字赤く大きな飾り文字なり

翼なく鰭も持たざるわが歩み拙く午後のビルの街ゆく

アラビアの涸れ谷《ワジ》の如くに乾きはて流木はあり秋の渚に

隣へと伸ばしたる故腕切られ並木の銀杏寒々と立つ

内側に向きて開くということのいかなる思い　無花果の花

わが影の中へ飛び込み一瞬ののちに出でゆく路上に猫は

老齢の叔母には家族恙《つつが》なく暮らすと言えり　少し嘘なり

補綴

様々に人は苦しみ生くる世に今宵スーパームーンの美し

わが乗れる特急カーブを過ぐるたび身の傾きて何かが零る

なぜかくもたやすく涙する我か　今日も坂本九など聞きて

金木犀花を零してその下は陽に照る故郷の沼のごとしも

いささかの歯を補綴して医院出ずいましばらくを存《ながら》えるため

客死することひたすらに願いいしわが若き日よ　思えばにがし

長身を言われておりしは若き日のことなり　山茶花また紅く咲く

総身をそれぞれ震わせ北風に耐えいる百の竹の幹らよ

人の歌貶《けな》して帰る冬の道残《のこ》んの雪が路傍に汚る

薄闇に千年立ちつつみ仏は欠けたるお指の疼きおらずや

どのような唇《くち》が最初に触《ふ》るるならむ楽器店頭フルート光る

枝先の冬芽がひとつひとつずつ光を結ぶ朝となりたり

結句なる七音書きてペンを置きその後の余白に心を放つ

乳香

漉き枠の傾《かし》ぎて翻筋斗《もんどり》打つ水に取り残さるる楮《こうぞ》の白し

樹木医になる夢などもあの頃は持ちていしかな　夕雲の照る

二十年前にオマーンで求めたる乳香今日はわが為に焚く

鋤になり胎児になりて魚になる　ヨガのポーズのことにはあれど

翼得るために失くせしなにやある　いま沼の面《おも》発ちゆけるもの

山積みの机上の本に思いおり我が死の後のそれらの行方

夕雲はほぐれほぐれて流れゆき再び元の姿にならず

花吹雪浴びて着きたる港には喫水深く船の浮かべる

緑色《りよくしよく》の頸持つものらこの苑に驚きやすし幼ら寄れば

イタリア語のパスタの種類名には漁師風《ペスカトーレ》、娼婦風《プッタネスカ》、炭焼き風《カルボナーラ》など
面白いものが多い

漁師また娼婦、木樵と迷いたる末に選びし炭焼き男を

ベビーカーより乳母車晩春のこの温《ぬく》とさを喩えて言えば

メレンゲを角立つまでに泡立ててさぶしもヨブ記の一節のごと

アールグレイ

ドア面に映る青葉の一枚を押して入り行く五月のビルへ

今は亡き王女の名を持つ一輪へかすかな羽音が近づいてくる

今やペットには個体識別用のマイクロチップが埋められている

はつなつの路地ゆく犬よその背なにチップ一枚潜みいるべし

青葉陰いよよ濃くなるこの夕べ　生者死者いますれ違いたり

眠りいる原発眠りたるままに死すやあるいは覚むる日ありや

深々とアールグレイの香を吸えばわが胸内を鳥渡りゆく

その口にまたその心にマスクして人ら行き交う夏の銀座に

紫陽花の下の暗がり怖ろしも埴輪のまなこのように虚ろで

六月の空にひとつぶ鳥影を置きたるものは神の指かも

飛蝗

食べ終えてレジをしおればわが椅子をはやも人来て消毒をする

故郷に今朝大いなる地震《なえ》ありて画面に輪島の街が震える

敵味方二転三転してゆけば読みておもしろこの『太平記』

近づけば鵯《ひよ》は飛び去る地の上はそんなに楽園ですかと問いつつ

いくつもの季節と命に別れきて今日また出会う新たな風に

草を跳び草に沈める飛蝗《ひこう》にて恐ろしかりきその大顎は

ウルトラの家族の名前次々に言い当て我の少女は笑《え》まう

銀行のカウンターには魔除けめくカラーボールの幾つも置かる

張り扇もて釈台を叩きいる伯山の声今日も艶あり

痛点

遡る河口の潮も水鳥も旅の途中の逆光の中

わが母が我を産みしもかく暑き夏の朝か　蜩が啼く

サルビアの燃え残りつつ街昏れてオリビア・ニュートン・ジョンも逝きたり

初心者であれば批評は痛点を避けつつなしぬ　鴉声《あせい》する午後

地雷にて失せし両肢の幻視痛辛しと今日のメールは訴う

一九四五年の日本また二〇二二年のウクライナ

夏空のかく青くしてまた邃《ふか》くして昔の戦争今の戦争

瞳孔の開きたるまま眼科出ず真夏の光のあふるる街へ

転生

転生のもしできるなら空港で麻薬を探知する犬もよし

夢に出る我が子ら常に幼くて昨夜《よべ》は二人で泣きておりたり

ベニバナの花は紅色ならずして一面黄《きい》の花が揺れいる

支払いを終えたる人はその杖を再び取りて歩み始めぬ

乱雑な書庫より探す本は出ずお暗き中に溜息をつく

露地をゆくこの黒猫の足取りも追跡するのかカメラリレーは

防犯カメラのリレーで人の足取りが判る

貿易風

貿易にではなく貿易風にこそ憧れ入りき商社というに

心憂き秋の午後なり見上ぐれば動かぬ雲の縁《ふち》光りいる

秋の夜の叔母の電話の長きかな視野の欠けゆくこと嘆きつつ

掬わんとしているうちに流れゆき川面の落葉のごとき言葉よ

水鳥の形をしたる濃き光　池面《いけも》を発ちて空へ向かえり

新年

何もかも見透かす如き新年《にいどし》の朝の光を庭に仰げり

死に近き老の心のごと昏く山茶花が咲く夕闇の中

珈琲にミルク垂らせばたちまちに小《ち》さき銀河の生《あ》れて静けし

歌会する小部屋の横の大部屋はアンガーマネージメントの講座

家失せてもはや要なきキー持ちて人ら避難す西の国では

林檎の湯

磐梯の山の出で湯に浸りいる我に寄り来る林檎の幾つ

かすかなる傷こそありて出荷には適さざりしか湯に浮かべらる

湯の中に浮かびておれど身に寄せて握ればかすか林檎の香する

手術痕うすく残れる自《し》が腹をいとおしみ触る湯に浸りつつ

耳障りする中国語の聞こゆるを機として出でたり林檎の湯より

ひたすらに降りくる雪を見上げつついつしか我は能登の少年

三椏

「サンライズ瀬戸」を降りたる讃岐とは光の国なり　歌の友待つ

讃岐路はいま早春で家々に淡き黄色の三椏が咲く

時折は踏切警報音ひびく部屋に籠りて歌あげつらう

海運の神にしあれば巨大なるスクリューなども奉納さるる
金刀比羅宮

山上に見る讃州はたわわなる山また山と小さき平野

瀬戸内を渡る橋なりその梁の影が次々我を襲いく

Ⅲ

海豚の匂い

この子にはまだ八月の悲しみのあらず背を立て一輪車漕ぐ

榛の木の幹に凭るる一輪車　世界はそこより静かに暮るる

今はもう酒を造らぬ酒蔵は暗くて死にたる海豚《いるか》の匂い

古書店に晩夏の日差し強ければ主《あるじ》は白きカーテンを引く

遥かなる聖地に向かう巡礼のごとくに雲の流れてゆけり

バドミントン

人の目に見えざるものを啄みて芝に小鳥のひたすらな昼

一粒の葡萄の中の暗黒の小さき宇宙を嚙み潰したり

これの世の光の秩序を乱しつつ小鳥が走る枝から枝へ

草の上のバドミントンなり六月の空を小さな光の往還

雨の日の橋の上より見下ろせり水が激しく水打つ様を

雲間より差す陽浴びつつ降りてくる雨のひとつぶひとつぶ光る

空中に爆《は》ぜ散るためにするすると夜空を昇る五尺玉なり

風の三内

遺跡へと近づきくれば望楼の先ず見えてくる秋の津軽に

栗の実の季節の津軽　縄文の人らも喜び拾いたりけむ

小さなる甕棺ありて小さなる骨が小さき石を抱きいる

炉の跡といえる小さき窪みあり小石に囲まれ炭色残す

正中線らしきも淡く刻まれて小さき土偶が硝子に収まる

五千年昔の森より吹いてくる秋の風なり今わが踏むは

レストランその名も〈五千年の星〉古代米なるおむすびを食む

野兎の血も吸いたらむ石鏃の硝子の中に今も鋭し

露出せる骨のごとしも土器の首欠損部分を補う石膏

復元をされたる竪穴住居なりアキアカネなど屋根に止まらす

死者はもう老いることなし縄文の人らも我の父母もまた

鬱金香

あ、と小さき声を上げずや梅の木は鵯《ひよ》が花芯を啄む時に

書きてゆくうちに見えくる結論のあれば今宵はもう酒を酌む

風無きに木の葉一枚枝を離《か》る世のいずこかに破約ありしや

暗紅《あんこう》と深紅《しんこう》、淡紅《たんこう》　躑躅らは思いの深さに色違《たが》え咲く

薄闇に躑躅の暗紅溶けきれず　人は未練を引き摺り止まぬ

春の昼やあこんにちはなど言いながらマストに降りる雲のあらんや

鬱金香みな頸《くび》斬られ不穏なる春も夏へと移りゆくなり

ドリル音

「倒します」と言われてゆっくり倒れゆく夏の真昼の歯科医院椅子

マスクする故に素顔をまだ知らぬ人に委ねる我が口腔を

嗽《うがい》などしつつちらりと盗み見る歯科医の手元の器具の光を

舌をもて探る犬歯にしみじみと我の裡なる獣を思う

パーティション隔てて聞こゆるドリル音止まれば遠くにサイレン聞こゆ

鉛入りエプロン纏い入りてゆく小部屋はお暗き海底《うなぞこ》に似る

棄郷者の我は父母より賜わりし臓の二つと歯牙二本失す

白羊朝

太陽系第三惑星、年齢は四十余《ま》り五億年　殺し合う星

ペルシャ史に彷徨《さまよ》う二つの王朝の黒羊朝また白羊朝あり
どちらも十四世紀から十五世紀にかけ
て存在したチュルク系イスラム王朝

焚き火すること許されぬこの街に杏の花のひっそりと咲く

殴られし如き夕焼け花冷えの橋より西の空眺むれば

生母にはあらざりし老い継母には長く続きぬ　我にはいかに

一九三八年十一月九日、ドイツ各地でユダヤ人商店などに対する暴動が発生した。割られて路上に散乱した硝子片が折からの月光に照らされてあたかも水晶のように輝いたという。世に言う「水晶の夜事件」(「クリスタル・ナハト」)である。

〈水晶の夜《クリスタル・ナハト》〉を思えり深更の駅裏ガラスの破片散りいて

銀河

八月の銀河が蒼く展《ひら》く下　紐解けやすき靴にて歩む

鍵穴の向こうが遥かな銀河なら硝子のキーもて開きてみんか

杏の実ひとつが落ちて杏の実ひとつ分ほど空の明るむ

人間に倦みたる今日は帰りたし熱き風吹く砂漠の果てへ

杳《とお》き世に絶えたる巨獣の背骨にも似て立ちつくすスカイツリーは

海原《うなばら》を吹き来て汀《なぎさ》の我を吹き崖に翻筋斗打つ風のあり

雲の縁《ふち》金に光りて流れゆく　いずれ死までの僅かなる時

光電子増倍管を一万個潜めるスーパーカミオカンデは

船頭が帆を上げるごと綱を引きブラインド上げる会議室にて
柄の小《ち》さき釦《ボタン》を押して傘開き世界を少し押し広げたり

避雷針

八月の街より帰り我が足裏《あうら》踏み絵を踏みたるごとくに火照る

折々に小さき掌差し出さる公園隅の蛇口の下に

我だけの為に夜更けのエレベーター風吹くごとき音立てて開く

やがて来る雷《らい》の予感に震えつつ避雷針立つ塔のいただき

羽化終えて翅の乾くを枝に待つ蝉いて初夏の朝の静けし

小石など蹴りつつ春の小道ゆくごとく生きたし我の余生は

凄まじき夕映え今日は街一つ焼き尽くしおり　怯まず歩む

仮面劇果てたるごとき淋しさの不意に兆しぬ夏の夕べは

何年か前に訪れたオーストラリア・タスマニア島のポート・アーサー
はかつてのイギリスの流刑植民地

そう、そこはポート・アーサー　君はもう逃げられないよ　鳥におなりよ

無人駅

早春の天の光を零さじと白木蓮は花を掲ぐる

黒髪のままに逝きたるわが母よ紫陽花咲けばまた思い出す

紫陽花の花のいつしか乾きいて世界は真の夏に入りゆく

夏を待つ笠師保駅は無人駅ふるさとは今黄のカンナ咲く

幼日《おさなび》の思い出　村の道を行く馬上の青年背筋を立てて

幹に触れ洞《うろ》を覗きて樹木医は溜息をつく青空の下

行きずりの窓辺に赤き唐辛子吊るさる呪詛また祝福のごと

春の夜の微かな冷えはページ繰る我が手を止めて嚔《くさめ》をさせる

螢《ほうたる》の揺蕩《たゆた》いながら消えゆきし幼日の闇豊かなりしか

三人《みたり》して眠れば雪の下にても温かからむ能登の父《ふ》母《ぼ》兄《あに》

〈東京に雄飛する〉という合言葉ありたり我に髭生え初めて

コミュニティバスと言えるが故郷の谷を巡ると日に三便の

拍子木

夏の夕拍子木叩き〈火の用心〉言いつつ巡りき幼き我ら

今ならば語り合えるや春の水石なる父の肩に注ぎぬ

山二つ隔てて育ちし大正の青年少女は我の父母

末弟の我には優しき兄なりき愛でたる篝火花のまた咲く

存分に香りを吐き出したるのちの金木犀は深く目瞑《つぶ》る

故郷の熊木の川を遡る魦《いさざ》を思う春の来たれば

兄弟《はらから》はおらねど先ずは検索す石川県の感染者数

二両なる気動車が来て折り返すはつなつ能登の穴水駅に

母二人どちらも看取らざりし我母の介護の苦の歌を選る

サラマンダー――能登島向田の火祭

ヨーロッパでは「サラマンダー」という火を司る精霊の存在が信じられてきた。蜥蜴もしくはドラゴンの様な姿をしていて燃える火や溶岩の中に住んでいると言われていた。日本では「火竜」とも言う。

半島は竜の形でその口に含む玉とし能登島はある

まれびととして来るのみの故郷で今宵は島の火祭のため

雨乞いの太鼓なりとぞ人の言う闇に激しく轟く音を

あまたなる炎が闇にその軌跡曳きつつ広場に円描きゆく

手松明今し柱松明に投げらる笛の音《ね》の鳴りたれば

手松明あまたが柱松明に投げらる炎の軌跡曳きつつ

暗闇が産む火の卵たちまちに孵化して無数の火竜となれり

ひといきに太き炎は駆け上がる湿りを帯ぶる能登の夜空を

夜の闇にその身捩りて昇りゆくいま一頭のサラマンダーが

火竜いま昏き空へと昇りゆく善悪愛憎などの彼方へ

巨《おお》いなる松明もはや燃え崩る　我は少年はた老人か

降《ふ》りてくる火の粉を避けて移動する地上の我ら神にあらねば

ふるさとと言えども今はまれびとの我は見つむる巨いなる火を

火は天に昇れどふるさと失いし我は何処へ流れゆくべし

能登島大橋

火祭に昂りたるまま我の身は滑らかに行く海面《うなも》を越えて

銀河生る

一乗谷朝倉氏遺跡――「復元」ではなく「復原」という

復原の紺屋の土間に大いなる藍甕のあり三つ四つ五つ

六百年前この土間の藍甕に藍は豊かに満ちておりしか

滅びたる谷間の城下町にして礎石の並ぶ中の紅葉

谷に湧く水は侍屋敷また町家を豊かに潤いいしや

永平寺

列なして堂に入りゆく修行僧みな青々と涼しき頭《ず》をす

越前竹人形の里

人形の少女の豊かなる髪の一筋一筋みな竹、竹、竹で

東尋坊

ゆくりなく旅の朝《あした》に見る虹の太々としてその根の見えず

時雨来て時雨の去りて越前の旅の朝の豊かなる虹

岬見にゆく旅の朝秋空にゆくりなく立つ虹の大きさ

雨《あめ》後《あと》の東尋坊なりペンギンとなりて歩めり巌《いわお》の上を

銀河いま生《あ》れたるごとし巌には波の砕けて星に似る泡

故郷の近くまで来て故郷へ行かざるわれは永遠《とわ》の棄郷者

石は光

宮柊二は戦後、黒部峡谷に入り戦場での心の傷を癒した。この頃柊二には死の希求があったが、そこで苦しくとも生きる決意をしたという。そんな黒部とはどんなところなのか、ずっと気になっていた。

峡《かい》は今紅葉の世界その底に白く激しき流れ滾らせ

窓枠の無ければ車窓とは言い難くトロッコ列車に谷遡る

猿達の為の吊り橋なども見え黒部峡谷秋のま盛り

瀞《とろ》があり瀬があり再び瀞があるトロッコ列車の中より見れば

石は光、水また光　渓谷の光の中を風渡りゆく

石と水かく戦うぞ川中の石は真白き飛沫を立たす

瀬が放つ小さき水の千万が須臾日に照りてまた瀬に落つる

渓谷の底に石、　水また風がかたみに白き饗宴をなす

碧潭《へきたん》の下に潜める岩魚らの微けくもまた清き命よ

関西電力黒部川第三発電所

タービンの羽根を打ちたる痛み持つ水が放水口より出ずる

「ひきよせて寄り添ふごとく刺ししかば声も立てなくくづをれて伏す」宮柊二『山西省』

人刺ししことなき我もまた石と水を見詰むるしばしの間

河原を埋め尽くせる大き石また小《ち》さき石なべて真白し

山頂に立つ送電線の塔の上陽に照る碍子は人の歯めく

この谷に死すとう選択ありたるに苦しみ生きるを選びし柊二

あとがき

この歌集は、前歌集『海泡石』に続く私の第十一歌集であり、二〇一九年初から二〇二三年前半までの四年半に「塔」、同人誌、総合誌等に発表した作品四六七首を纏めたものである。

この間、私の身辺に大きな変化は無かったが、世界的には新型コロナウイルスが社会を大きく変えてしまったほか、ロシアによるウクライナ侵攻など大きな変動があった。人生のほぼ半分近くを関わってきた中東イスラム世界も、幾つかのアラブ国家によるイスラエル承認の動きはあったが、肝心のパレスチナ問題は根本的な解決に至らず、シリア、イエメン、スーダンでは内戦が続いている。

数えてみると短歌を作り始めて既に四十年以上になる。歌壇の様々な動向は視野の隅に入れつつも、それらに振り回されることのないように気をつけてきた。進歩は遅遅たるものだったかも知れないが、それも仕方がない。

歌集タイトルは集中の「天使領ほどの真青のシート置く人の気配のせぬ家の屋根」から取った。台風被害を受けた上総を訪れた時に見た屋根の上のブルーシートの鮮やかな青色が、かつてイタリアのどこかの美術館で見た天井画に描かれた天使たちの背景の空の色に似ていると思って、とても印象的だったことによる。暗い社会情勢の中、青空を背景に天使が遊ぶイメージは少しでも希望を感じさせてくれるかも知れない。

いつもながらお世話になっている「塔」の吉川宏志主宰、永田和宏前主宰、選者、編集委員、会員の皆様、更に同人誌「まいだーん」の皆様には心から感謝を申し上げたい。

二〇二三年十一月

三井　修

追記

この歌集の校了近くになって、パレスチナのイスラム原理主義組織ハマスとイスラエルとの激しい武力衝突が起き、多数の犠牲者が出ている。アラブにもイスラエルにも知人のいる私にとっては耐えがたい状況が続いている。

著者略歴

三井　修（みつい おさむ）

1948年石川県生まれ、石川県立七尾高校、東京外国語大学アラビア語学科卒業。三井物産株式会社入社、中東駐在延べ6年余。退職後、一橋大学大学院言語社会研究科入学（中退）。その後、中東経済研究所上級研究員、日本エネルギー経済研究所研究主幹、東京外国語大学非常勤講師等を歴任。現在、「塔短歌会」選者、北陸中日新聞選者他。

【著作】

第一歌集『砂の詩学』（雁書館、1992年、第37回現代歌人協会賞）
第二歌集『洪水伝説』（雁書館、1995年）
第三歌集『アステカの王』（砂子屋書房、1998年）
評論集『永田和宏の歌』（雁書館、2000年）
『三井修歌集』（現代短歌文庫）（砂子屋書房、2002年）
第四歌集『風紋の島』（砂子屋書房、2003年、第31回日本歌人クラブ賞）
第五歌集『軌跡』（角川書店、2006年）
第六歌集『砂幸彦』（短歌研究社、2008年）
第七歌集『薔薇図譜』（短歌研究社、2010年、第38回泉鏡花記念金沢市民文学賞）
『続三井修歌集』（現代短歌文庫）（砂子屋書房、2013年）
第八歌集『海図』（角川学芸出版、2013年、第16回島木赤彦文学賞）
第九歌集『汽水域』（ながらみ書房、2016年）
『うたの揚力―現代短歌鑑賞一五五首』（砂子屋書房、2017年）
第十歌集『海泡石』（現代三十六歌仙36）（砂子屋書房、2019年）
エッセイ集『雪降る国から砂降る国へ』（青磁社、2020年）

【所属】

現代歌人協会、日本文藝家協会、他

【現住所】

〒277-0823　千葉県柏市布施新町1-10-6

歌集　天《てん》使《し》領《りよう》

塔21世紀叢書第437篇

初版発行　2024年1月25日

著　者　三井　修
発行者　石川一郎
発　行　公益財団法人　角川文化振興財団
〒359-0023　埼玉県所沢市東所沢和田3-31-3
ところざわサクラタウン 角川武蔵野ミュージアム
電話 050-1742-0634
https://www.kadokawa-zaidan.or.jp/
発　売　株式会社　KADOKAWA
〒102-8177　東京都千代田区富士見2-13-3
電話 0570-002-301（ナビダイヤル）
https://www.kadokawa.co.jp/
印刷製本　中央精版印刷株式会社
本書の無断複製（コピー、スキャン、デジタル化等）並びに無断複製物の譲渡及び配信は、著作権法上での例外を除き禁じられています。また、本書を代行業者等の第三者に依頼して複製する行為は、たとえ個人や家庭内での利用であっても一切認められておりません。
落丁・乱丁本はご面倒でも下記KADOKAWA購入窓口にご連絡下さい。
送料は小社負担でお取り替えいたします。古書店で購入したものについては、お取り替えできません。
電話 0570-002-008（土日祝日を除く10時〜13時 / 14時〜17時）
©Osamu Mitsui 2024 Printed in Japan ISBN978-4-04-884560-1 C0092